Licencia editorial por cesión de Edicions Bromera, SL (www.bromera.com).

Título original: *Até as princesas soltam pum*
© Ilan Brenman, 2008
© Traducción: Josep Franco Martínez, 2010
© Dibujos: Ionit Zilberman, 2008
© Algar Editorial, SL
    Apartado de correos, 225 - 46600 Alzira
    www.algareditorial.com
    Primera edición de Brinque Book, Brasil, 2008.
    Publicada por acuerdo con Adriana Navarro/Luminis Literary Agency, España
Impresión: Liberdúplex

1ª edición: enero, 2011
16ª edición: febrero, 2018
ISBN: 978-84-9845-315-7
DL: V-2930-2012

Ilan Brenman

Ionit Zilberman

Las princesas también se tiran pedos

algar

Para Tali, la reina de mis princesas.
Ilan

A Julie.
Ionit

Al regresar de la escuela, Laura llamó a su
padre y le preguntó:
—¿Las princesas también se tiran pedos?

–¿Por qué quieres saber eso? –le preguntó su padre, curioso.

–Es que, por la escuela, dicen cosas... Pero, antes de contarte qué ha pasado, quiero que respondas a mi pregunta.

–Creo que sí, que las princesas también se tiran pedos –le respondió su padre, con toda la delicadeza del mundo.

—No puede ser, papá; la discusión que hemos tenido en la escuela ha sido por eso. Marcelo nos ha dicho, a las niñas, que Cenicienta se tiraba muchos pedos. Todas le hemos dicho que eso era imposible, que ninguna princesa del mundo se tira pedos. Pero ahora creo que Marcelo podría tener razón... Papá ¿tú cómo sabes que las princesas se tiran pedos?

El padre, a quien le gustaban los libros y las buenas historias, como a su hija, se levantó, se dirigió a la biblioteca, miró a Laura y le hizo un gesto con el dedo sobre sus labios. Le decía que debían permanecer en silencio. Tras unos minutos de búsqueda, el padre encontró un libro que, por su aspecto, debía de tener más de doscientos años.

–¿Qué es eso, papá?

El padre puso cara de misterio, se
acercó con su hija al escritorio,
cerró la puerta de la biblioteca
y le dijo, en un susurro:
—Este es el libro secreto de
las princesas.

Al oír aquellas palabras, el corazón de Laura se desbocó.

14

El libro
secreto de las
princesas

—¿Y qué cuenta este libro, papá?

—Todos los secretos de las princesas más famosas del mundo. Incluso hay un capítulo titulado «Problemas gastrointestinales y flatulencias de las princesas más encantadoras del mundo».

—¿Problemas gastrointestinales y flatulencias de las princesas más encantadoras del mundo? ¿Qué quiere decir eso, papá?

—En este capítulo tenemos algunos relatos muy secretos sobre los pedos que se han tirado las princesas. ¿Por quién quieres que empecemos?

—¡Por Cenicienta, papá, por Cenicienta!

El padre pasó algunas páginas del libro, hasta que llegó a la que buscaba, la leyó y le dijo a su hija:

—¿Recuerdas la noche del baile de Cenicienta?

—¡Sí!

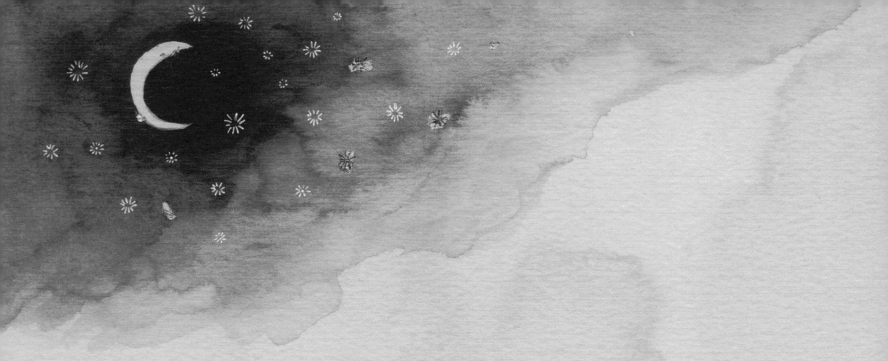

—Aquella noche, ella estaba muy nerviosa. Antes de ir al baile, se había comido dos barritas de chocolate que la madrastra tenía escondidas en la despensa. A la hora del baile, el príncipe apretó muy fuerte la cintura de Cenicienta, ella no lo pudo soportar y soltó un buen pedo, justo en el mismo momento en que el reloj daba las campanadas de medianoche.

—¡Caramba, papá! ¿Eso quiere decir que el príncipe no lo notó?

—No, hija.

19

—¿Y Blancanieves?

El padre pasó algunas páginas, las ojeó y luego dijo:

—La comida que cocinaban los enanos era muy pesada: les gustaban el beicon, la col hervida, los quesos de todo tipo, los pasteles de albaricoque... Blancanieves ya estaba un poco harta de toda aquella comida llena de colesterol. Cuando la madrastra le dio la manzana envenenada, ni siquiera llegó a probarla: soltó un pedo tan pestilente que resultó ser tóxico. Por eso se desmayó.

–¿Y por eso los enanos la pusieron en una urna de cristal, para que nadie notara el mal olor?

–Así es, hija mía.

–¿Y cómo pudo el príncipe acercarse tanto?

—Aquí en el libro pone que, el día que el príncipe pasó por el bosque y vio la urna de cristal, tenía una gripe descomunal y la nariz muy tapada.

—Vaya, si no llega a ser por la gripe, Blancanieves aún estaría en la urna...

—Puedes estar segura —le respondió su padre, convencido.

—¿Y la Sirenita?

El padre buscó entre las páginas del libro y, finalmente, le dijo:

—Era la princesa que mejor podía ocultar sus problemas gástricos.
Cuando daba aquellas vueltas dentro del agua... era sólo para
disimular, y cuando emergían las burbujas... decía que eran las algas,
que eructaban.

—Pero, aunque se tiren pedos, continúan siendo bellas princesas, ¿verdad, papá?

—Ya lo creo, hija. Son las princesas más bellas del mundo, pero hasta las princesas sueltan algún pedo. Lo importante es que no cuentes este secreto por ahí.